THE TAILOR OF GLOSTER
MRS TITTLE-MOUSE
SQUIRREL NUTKIN
NUTS
TOM KITTEN
PETER RABBIT
W9-BHW-955

L'HISTOIRE
DE
MADAME TROTTE-MENU

L'HISTOIRE DE
MADAME TROTTE-MENU

BEATRIX POTTER

TRADUIT DE L'ANGLAIS PAR

PATRICE CHARVET
ET ANNIE THIRIOT

LONDON

FREDERICK WARNE & CO. LTD.

and NEW YORK

[*All rights reserved*]

© Frederick Warne & Co. Ltd.
London England
1975

Publié originalement sous le titre:
The Tale of Mrs Tittlemouse

ISBN 0 7232 1865 X

PRINTED IN GREAT BRITAIN FOR THE PUBLISHERS
BY WILLIAM CLOWES (BECCLES) LIMITED
BECCLES AND LONDON

D6662.182

LE LIVRE DE LA PETITE NELLIE

IL était une fois une petite souris des bois qui s'appelait Madame Trotte-Menu.

Elle vivait dans un talus sous une haie.

ET quelle drôle de maison elle avait! De longs couloirs sablonneux menaient à des greniers et à des caves, creusés entre les racines de la haie. Madame Trotte-Menu y serrait ses provisions de noisettes et de graines.

IL y avait une cuisine, un salon, une office et un garde-manger.

Il y avait aussi la chambre de Madame Trotte-Menu avec un lit à rideaux.

MADAME Trotte-Menu était très méticuleuse et tenait sa maison à merveille. Il fallait la voir chez elle, armée de son balai ou de sa pelle, pourchassant la poussière.

Quelquefois un scarabée venait à s'égarer dans les couloirs.

"Allez-vous-en, petites pattes sales!" disait Madame Trotte-Menu, en tambourinant sur sa pelle.

ET puis un beau jour elle trouva une petite personne, vêtue d'un manteau rouge à taches noires qui courait dans tous les sens.

"Petite Coccinelle, tes enfants t'appellent," lui dit-elle, "et si tu as des ailes, va vite chez toi les rejoindre."

UNE autre fois une grosse araignée entra pour se mettre à l'abri contre la pluie.

"Oh pardon, Madame. Je vois que je me suis trompée de maison," lui dit celle-ci.

"À la porte! À la porte à l'instant! Vilaine vieille araignée que vous êtes, laissant les débris de vos toiles un peu partout dans ma jolie maison si propre!"

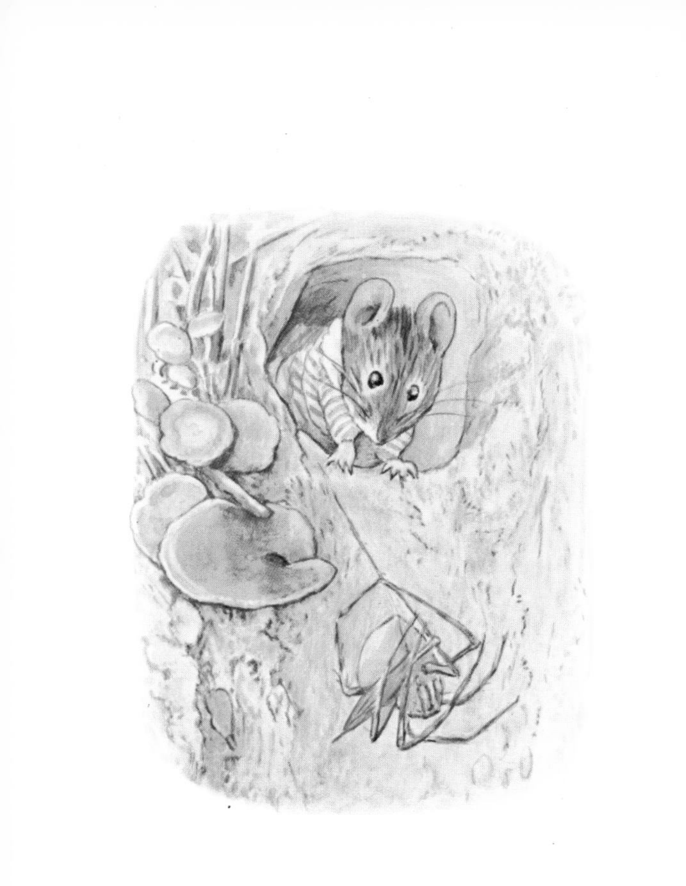

ELLE expulsa l'araignée par une fenêtre, et celle-ci se laissa glisser du haut de la haie sur un long fil de soie.

MADAME Trotte-Menu continua son chemin jusqu'à un réduit tout au bout d'un long couloir où elle gardait ses réserves; elle voulait chercher des noyaux de cerises et des graines de duvet de chardon pour son déjeuner.

Tout le long du corridor elle humait l'air et s'arrêtait pour scruter le sol.

"Ça sent le miel ici," se disait-elle; "est-ce le parfum des coucous dehors dans la haie? Pourtant ce sont bien là les traces de petits pieds sales."

TOUT à coup dans un tournant elle se trouva nez à nez avec Monsieur Gros-Bourdon. "Bzz! Bzz! Bzz!" fit Monsieur Gros-Bourdon.

Madame Trotte-Menu le regarda sévèrement. "Si seulement j'avais un balai," pensa-t-elle.

"Bonjour, Monsieur Gros-Bourdon," dit-elle. "Certes, j'aimerais bien vous acheter de la cire, mais que faites-vous ici dans mes couloirs? Pourquoi entrez-vous toujours par une fenêtre en faisant Bzz! Bzz! Bzz!?" Madame Trotte-Menu commençait à perdre patience.

"BZZ! Bzz! Bzz!" fit Monsieur Gros-Bourdon pour toute réponse, d'une voix aiguë et hargneuse. Lentement et de guingois il enfila un couloir et disparut dans une pièce qui avait servi pour les réserves de glands.

Madame Trotte-Menu avait mangé les glands avant Noël; la pièce aurait donc dû être vide. Mais au contraire, elle était remplie de mousse desséchée et en désordre.

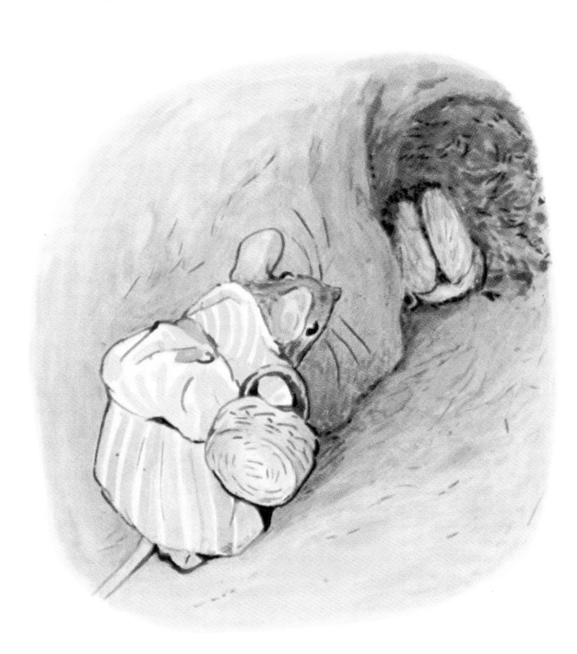

MADAME Trotte-Menu commença à enlever la mousse par poignées. Trois ou quatre abeilles sortirent la tête avec des bourdonnements furieux.

"Je n'ai pas l'habitude de louer des chambres; vous n'avez pas le droit d'être ici," dit Madame Trotte-Menu. "Je vais les faire mettre à la porte—" "Bzz! Bzz! Bzz!"— "À qui donc pourrais-je demander de m'aider?" "Bzz! Bzz! Bzz!" "Surtout pas à Monsieur Gautier; il ne s'essuie jamais les pieds."

MADAME Trotte-Menu décida de laisser les abeilles tranquilles jusqu'après déjeuner.

Revenue au salon, elle entendit une toux grasse. C'était Monsieur Gautier en personne! Assis sur un fauteuil à bascule, dont sa corpulence dépassait largement les bords, il se tournait les pouces, souriait béatement et se chauffait les pieds devant la cheminée.

Il vivait sous la haie dans un fossé fort sale et humide.

"BONJOUR, Monsieur Gautier. Mon Dieu! Comme vous êtes mouillé!"

"Vous êtes mille fois aimable, ma bonne Madame Trotte-Menu. Je vais me permettre de rester ici encore quelque temps à me sécher," répondit Monsieur Gautier.

Un large sourire accompagna ces paroles, tandis que l'eau dégouttait des pans de son veston, et pendant ce temps Madame Trotte-Menu s'affairait autour de lui à éponger l'inondation avec sa serpillière.

LA visite de Monsieur Gautier se prolongea tellement que Madame Trotte-Menu ne put faire autrement que de l'inviter à partager son repas.

Comme entrée elle lui servit des noyaux de cerises. "Merci, merci, Madame Trotte-Menu. Pas de dents!" dit Monsieur Gautier.

Il ouvrit la bouche plus largement qu'il n'aurait fallu, et c'était vrai qu'il n'avait pas une seule dent à la mâchoire.

ENSUITE vinrent des graines de duvet de chardon. "Coäc! Coäc! Coäc! Pouf! Pouf! Pouf!" fit Monsieur Gautier, et le duvet s'envola partout dans la pièce.

"Merci! Merci! Vous êtes trop aimable, Madame Trotte-Menu, mais à vrai dire, ce qui me plairait infiniment serait une petite assiettée de miel!"

"JE suis désolée de vous dire, Monsieur Gautier, que je n'en ai point," dit Madame Trotte-Menu.

"Coäc! Coäc! Coäc! Madame Trotte-Menu," fit Monsieur Gautier, avec le même large sourire. "Pourtant, ça sent le miel ici; c'est pour cela que je suis venu vous voir." Il se leva pesamment, et commença à visiter les placards.

Madame Trotte-Menu le suivit, un torchon à la main, pour effacer les traces de ses pieds mouillés sur le plancher du salon.

UNE fois sûr de ne pas trouver de miel dans les placards, il s'enfonça dans le couloir.

"Prenez garde! Prenez garde! Monsieur Gautier, ou vous allez vous coincer!"

"Coäc! Coäc! Coäc! Madame Trotte-Menu! Ne vous inquiétez pas."

POUR commencer, et à grand' peine, il réussit à introduire sa grosse personne dans l'office.

"Coäc! Coäc! Coäc! Toujours pas de miel, Madame Trotte-Menu?"

Trois petites bestioles aux pattes nombreuses s'étaient cachées dans l'égouttoir. Deux d'entre elles réussirent à s'esquiver, mais Monsieur Gautier happa la toute petite.

ENSUITE, en comprimant son corps, il parvint à pénétrer dans le garde-manger. Monsieur Papillon y était occupé à goûter au sucre, mais il s'envola vite par la fenêtre.

"Coäc! Coäc! Coäc! Madame Trotte-Menu; vous ne manquez certes pas de visiteurs!"

"Et sans carte d'invitation!" observa Madame Thérésina Trotte-Menu.

ILS suivirent ensemble le couloir sablonneux. "Coäc! Coäc!" "Bzz! Bzz!" C'était Monsieur Gros-Bourdon dans un tournant qui bloquait le passage. Monsieur Gautier le saisit à bras le corps, mais le reposa bien vite à terre.

"Je n'aime pas les bourdons. Ils ont une fourrure qui pique comme un hérisson," dit-il, en s'essuyant les lèvres avec la manche de son veston.

"Va-t'en, horrible vieux crapaud!" cria Monsieur Gros-Bourdon d'une voix perçante.

"C'est vraiment à en devenir folle!" dit Madame Trotte-Menu.

ELLE courut s'enfermer dans la cave aux noisettes, tandis que Monsieur Gautier arrachait le nid d'abeilles. Les piqûres ne lui faisaient pas peur, semblait-il.

Quand enfin Madame Trotte-Menu jugea prudent de quitter son refuge, il n'y avait plus personne. Mais le désordre était effroyable. "Jamais de ma vie je n'ai vu un gâchis pareil—des traînées de miel; de la mousse et du duvet de chardon—et des empreintes de pieds—un peu partout dans ma jolie maison si propre!"

ELLE ramassa la mousse et ce qui restait de la cire d'abeille.

Et puis elle sortit pour chercher des brindilles afin de boucher partiellement sa porte d'entrée.

"Je vais rendre le passage trop petit pour Monsieur Gautier!"

PUIS elle monta au grenier chercher du savon de Marseille, un torchon et une brosse de chiendent neuve. Mais trop fatiguée pour faire autre chose elle s'endormit dans son fauteuil, et plus tard elle alla se coucher.

"Est-ce que je viendrai jamais à bout de ce désordre?" se demanda la pauvre Madame Trotte-Menu.

LE lendemain elle se leva de très bonne heure et commença son nettoyage de printemps.

Elle en eut pour quinze jours à balayer, à laver le carreau, à épousseter, sans parler de l'astiquage des meubles avec de la cire d'abeille, et des petites cuillers d'étain qu'il fallait polir.

QUAND tout fut de nouveau en ordre et reluisant de propreté, elle invita cinq autres petites souris à une soirée dansante chez elle—mais surtout pas Monsieur Gautier!

Ce dernier renifla le parfum des mets et grimpa le talus, mais ne put franchir la porte.

POUR le consoler on lui passa par la fenêtre des cupules débordant de rosée au miel, et il ne fut pas du tout froissé.

Assis dehors au soleil, il ne cessait de répéter: "Coäc! Coäc! Coäc! À votre santé, Madame Trotte-Menu."

TIGGY WINKLE
TWO BAD MICE
JEMIMA PUDDLE DUCK
J. FISHER
BENJAMIN BUNNY
FLOPSY BUNNIES